Arthur Mireille

Myosine

Manille

Flantine

Atable

Saintoufle

Truchelle et Vodaze

Non : Michelle et Topaze

Non : Rachelle et Folaze

Non : Bochelle et Tidaze...

LES QUINZEBILLE

Ouah ouah rrrrr ouah !

Rémi Chaurand

Glouglouuu glouglou !

Laurent Simon

Atable, je t'adore.

Mecton

Mecton, t'es mon ami.

Atable

RÉMI CHAURAND • LAURENT SIMON

LES QUINZEBILLE

UNE FAMILLE COMME LES AUTRES

MILAN

CHAPITRE 1

– ATAAAABLE !

Arthur Quinzebille hurle dans son cône de chantier, et ça fait un sacré boucan dans toute la maison.

Les membres de la famille arrivent les uns après les autres dans la cuisine : Myosine, Manille, Flantine, Saintoufle (les enfants), Mireille (la maman) et même les deux chats Foudaze et Murtelle.

– Dis-moi, mon gros lapin des sous-bois, pourquoi est-ce qu'on doit venir à table alors qu'il n'est que 18 heures ? demande Mireille. Ce n'est plus l'heure du goûter et trop tôt pour l'apéro. Qu'est-ce qui t'arrive ?

– Mais ce n'est pas vous que j'appelle, c'est Atable ! répond Arthur.

Il faut dire que le chien s'appelle Atable, ça peut prêter à confusion. Chacun retourne à ses occupations, mais Manille est un peu déçue, elle avait déjà faim.

Arthur répète donc : « ATAAAAABLE », juste pour le chien, cette fois.

En fait, le truc qu'Arthur n'avait pas vu depuis le début, c'est qu'Atable est en train de dormir dans son panier, là, à ses pieds.

– Ah, tu es là, gros machin plein de poils, allez viens prendre ta douche, tu sens le vieux poney.

Dans toutes les histoires, dans toutes les bandes dessinées, dans tous les livres, quand le chien doit aller prendre son bain, il s'échappe, et on passe des pages et des pages à le chercher pour le mettre sous la douche. Pas ici. Atable adore les douches, alors Atable prend sa douche tranquillement. Il en bave de plaisir, même si ça ne se voit pas parce qu'il est tout mouillé.

Et il est vraiment très, très mouillé. Presque toute l'eau de sa douche est coincée dans ses poils. Alors, quand Atable s'ébroue, cette eau sort en faisant comme un joli soleil de gouttelettes, et c'est plutôt Arthur et la salle de bains du sol au plafond qui sont mouillés. Il y en a partout, sauf sur Atable qui, lui, est maintenant super sec.

Enfin, quand arrive pour de vrai le moment du dîner, Arthur, un peu moins mouillé que tout à l'heure, hurle à nouveau « **À TABLE** » dans son cône de chantier. Mais là, c'est un petit peu compliqué. D'abord il y a Atable, tout propre, tout sec et tout excité, qui arrive en courant comme un malade parce qu'il croit qu'il va prendre une autre douche. Et puis Flantine arrive à son tour, envoyée par Mireille, Manille, Myosine, Saintoufle et les deux chats, pour demander si c'est la peine qu'ils se déplacent, cette fois.

Mais tout le monde finit par arriver à table, sauf Atable, qui s'est fait mettre dehors parce que les chiens ne restent pas dans la cuisine pendant les repas.

Comme d'habitude, Myosine a apporté son livre et Saintoufle porte son bonnet d'aviateur. Arthur et Mireille, eux, ont une nouvelle à annoncer.

– Les enfants, pour ce week-end, nous vous avons trouvé une destination de rêve, un truc de dingue, une expérience de malade, vous allez vous en souvenir toute votre vie, lance Mireille, excitée comme une puce. Allez, essayez de deviner un peu ce qu'on vous a préparé avec papa !

Arthur et Mireille rigolent bien parce qu'ils sont certains que personne ne va trouver. Ils sont drôlement fiers d'avoir préparé une surprise comme celle-là. Des mois qu'ils sont dessus, en cachette, et qu'ils avaient hâte de la révéler à toute la famille.

– Allez, allez, essayez de deviner ! Vous donnez votre langue au chat ?

Vradelle et Pilotaze, qui lisaient jusqu'ici par-dessus l'épaule de Myosine, s'intéressent tout à coup à la conversation. Sans lever les yeux de son livre, Myosine répond :

– On va passer deux jours dans une ferme pour apprendre la vie de travail à la ferme, on va s'occuper de plein d'animaux et faire des travaux dans les champs. Calmez-vous, papa et maman, on le sait tous depuis des mois.

– **QUOI ! HEIN ! HÉ ! MAIS ! QUOI ?** s'écrient Mireille et Arthur, super déçus. Comment ça vous le savez depuis des mois ?

Myosine leur explique qu'ils sont super nuls pour cacher des secrets. Que ça fait des mois que leurs papiers traînent partout dans la maison, qu'il y a des tas de prospectus dans toutes les pièces, et que les enfants ont très bien vu les bottes, les salopettes et les chapeaux de paille empilés dans des sacs près de l'entrée.

Manille explique aussi que, quand les parents laissent traîner un gros dossier avec écrit dessus : GROSSE SURPRISE NE PAS OUVRIR, eh bien c'est impossible de ne pas ouvrir pour regarder.

Après le dîner, les Quinzebille se préparent donc pour le grand départ du lendemain, parce que, même si la méga-surprise n'est pas du tout une méga-surprise, tout le monde est quand même bien content d'aller dans une ferme à la campagne. Manille est contente, Myosine est contente, Flantine est contente, Saintoufle est content, Mireille et Arthur sont super contents.

Atable aussi est content, mais lui, il est content parce que tout le monde est content.

Il est comme ça, Atable, il est gentil.

Mireille rassemble tout le monde dans le salon et donne à chacun son matériel pour les jours qui arrivent.

Puis tout le monde se penche sur la carte pour voir le trajet qu'il y a à faire. Ce n'est pas tout près, alors heureusement qu'Atable a pris une douche : pour une fois, il ne puera pas dans la voiture.

CHAPITRE 2

– J'ai un truc à vous montrer, annonce Flantine juste avant que chacun aille se coucher. Comme on savait « un peu » (en disant ça elle fait des guillemets avec ses doigts) qu'on partait en week-end à la ferme, je me suis dit que Vechdaze et Vourdelle ne pourraient pas venir avec nous, vu qu'ils sont souvent allergiques à des trucs bizarres, alors j'ai fabriqué une idée.

Flantine sort du salon et revient en poussant une sorte de grosse machine.

– Un **LANCE-CROQUETTES POUR CHATS**, déclare-t-elle fièrement.

Entrée des croquettes
Truc pour faire joli
Boutons
Trucs pour régler
Sortie des croquettes (vers l'assiette)
Soupape en diverticule biréfringente à valvule ergodiatonique pour sous-dynamiser la surpression en cloche jusqu'à 5 fermis cubes sur un plasma de quarks et de gluons

Flantine s'approche de la machine pour faire une démonstration. Elle verse d'abord le contenu d'un énorme sac de croquettes dans le réservoir à croquettes, et elle branche la machine.

Puis elle appuie sur l'interrupteur. La machine se met en route avec un petit ronronnement. On entend tout un petit mécanisme, et une croquette passe dans un tuyau transparent, puis dans un autre. Enfin ça passe, mais ça ne passe pas bien vite. La petite croquette prend bien son temps pour traverser les tuyaux, comme si elle faisait une petite promenade. Mireille ne quitte pas la petite croquette des yeux, mais ça finit par l'endormir de rester concentrée comme ça. Manille suit l'aventure de la croquette avec sa montre-chronomètre. Arthur se lance dans une série de bâillements avec ouverture maximale de la bouche. Myosine ouvre son livre et demande qu'on la prévienne quand il se passera quelque chose d'autre.

Enfin, au bout de cinq minutes, cling ! la petite croquette tombe dans la petite assiette qui est posée devant la machine. Les deux chats se réveillent, sautent du canapé, viennent renifler tout ça, et Nouldaze croque la croquette.

– Ça marche ! hurle Flantine.

Tout le monde applaudit (enfin, surtout les humains).

– À cette vitesse, les chats ont le temps de mourir de faim quand même, intervient Manille. Il faut cinq minutes pour obtenir une croquette, je viens de chronométrer.

Flantine fait un grand sourire et dit :

– Mais regardez donc : on peut accélérer le mouvement, il suffit de tourner ce bouton vers la droite. Voiiilààà, cooomme ça…

En disant « voiiilààà, cooomme ça », elle essaie de tourner le bouton. Mais ça ne marche pas bien, le bouton est coincé, alors elle fait un plus grand sourire encore et se met à forcer. Seulement, à force de forcer comme une malade, elle force trop fort, et quand on force trop fort, à force… PAF ! Le bouton lui reste dans les mains. Et en même temps le distributeur s'emballe et commence à faire un boucan de tous les diables. La machine se met à cracher des croquettes dans tous les sens à une vitesse et avec une force dingues. Ça vole de partout. Les chats quittent la pièce en courant, et les Quinzebille ont juste le temps de se mettre à l'abri, parce que ça fait drôlement mal, les croquettes projetées à 250 kilomètres à l'heure. Il n'y a qu'Atable qui reste sous le feu du lance-croquettes en essayant de gober chaque croquette qui sort de l'invention de Flantine.

Manille rassure tout le monde :

– La machine balance trois croquettes par seconde. Flantine a rempli la machine avec dix kilos de croquettes. Une croquette pèse environ trois grammes. Il y a donc à peu près 3 334 croquettes dans la machine. Ce qui fait que tout ça devrait s'arrêter dans exactement 18 minutes et 31 secondes, on a le temps de lire un peu en attendant.

Ouf! Alors, pendant ce temps-là, les Quinzebille se mettent à lire tranquillement les livres ou les magazines qu'ils ont réussi à attraper en restant hors de portée de la machine. Atable finit par les rejoindre aussi. Il se prend plus de croquettes qu'il n'arrive à en gober, ça l'énerve. Il est recouvert de poudre de croquettes, il en a plein les poils, il est re-sale, il re-pue : la douche n'aura servi à rien, c'est malin.

– Par contre, ajoute Manille, ce coup-là, c'est sûr : il faut emmener les chats avec nous demain.

– Oui, il y a quelque chose qui cloche là-dedans, il y a encore quelques réglages à régler, confirme Flantine. Et ce soir je ne vais pas avoir le temps.

Tout le monde approuve cette décision.

CHAPITRE 3

– Vous ne trouvez pas que ça sent bon, tout à coup, dans cette voiture ? demande le lendemain Arthur en se réveillant de sa sieste, pendant que Mireille conduit.

– MAZETTE ! Ça sent bon tout à coup parce qu'on vient d'oublier Atable à la station-service après notre pause-pipi, explique calmement Mireille.

Elle s'empresse de faire demi-tour.

– Je me disais aussi qu'on était un peu moins serrés que d'habitude, remarque Manille.

Il faut dire que, la veille, Atable a mangé toutes les croquettes éparpillées dans le salon. Il a une haleine de sardine très prononcée et, comme il est ballonné, il lâche régulièrement d'énormes rots et des tas de pets sonores. Les croquettes incrustées dans ses poils participent aussi de la bonne odeur générale.

Une fois Atable récupéré, et après un trajet qui se passe plutôt bien tant que les fenêtres restent ouvertes, la ferme est enfin en vue.

Mme et M. Tute-Grillon sont là pour accueillir les Quinzebille fatigués, moulus, épuisés, fourbus, éreintés, vannés et crevés mais contents d'être enfin arrivés.

Manille est contente d'être arrivée, Myosine est contente d'être arrivée, Flantine est contente d'être arrivée, Saintoufle est content d'être arrivé, Mireille et Arthur sont drôlement contents d'être arrivés. Atable aussi est content, mais lui, on l'a déjà dit, il est content parce que tout le monde est content. Et pour montrer qu'il est content, il saute partout, c'est rigolo : ça fait tomber des croquettes qui étaient encore coincées dans son pelage. Il y a une petit poule qui vient les picorer.

– ALORS, LES BISBILLE ! LA FORME ? ON A BIEN ROULÉ ? ON EST CONTENTS D'ÊTRE ARRIVÉS ?

M. Tute-Grillon serre très, très fort la main à chacun.

Pendant qu'il secoue sa main pour faire revenir le sang, Arthur confirme que tout le monde est bien content d'être arrivé, et que le voyage a été un peu difficile pour le nez (à cause d'Atable) et pour le dos (à cause des suspensions de la voiture qu'il faut changer depuis 5 ans), et que, si les Tute-Grillon pouvaient avoir l'amabilité de leur montrer leur chambre pour qu'ils aillent se reposer un peu, ce serait pas de refus.

Mme Tute-Grillon écrase à son tour les mains de tout le monde et, avec un super grand sourire, elle tend un seau à chacun des Quinzebille, sauf à Atable et aux chats.

– Ah bah non, non, non, les cocos. On n'a pas vraiment le temps de monter dans votre chambre. Si vous voulez manger une bonne omelette aux pommes de terre ce soir, il va falloir aller me ramasser des pommes de terre, hein ! Elles ne vont pas se ramasser toutes seules, les patates !

À peine sept minutes après leur arrivée, voilà donc les Quinzebille en train d'apprendre à ramasser des pommes de terre. Ce n'est pas ça qui va les reposer du voyage, mais c'est assez marrant. En fait, ce n'est pas très compliqué de ramasser des pommes de terre : il suffit de retourner la terre avec une bêche. Chaque fois qu'un membre de la famille sort une pomme de terre de la terre, il appelle tous les autres pour la montrer. Tout le monde regarde la pomme de terre, s'extasie, la trouve drôlement belle, la tâte, la mesure, et puis on la pose dans le panier et on repart à la pêche aux pommes de terre.

Quand Mme Tute-Grillon vient voir la récolte des Quinzebille, c'est la rigolade !

– Nom d'un perdreau ! Voilà vingt minutes que vous ramassez des pommes de terre, et vous m'en avez sorti six ! Jamais vu ça ! On va pas manger de sitôt avec vous !

– Oui, mais regardez comme elles sont belles, lui répond Manille qui frotte sa pomme de terre avec son mouchoir.

– Ah, mais celui-là, par contre, il sait y faire, hein ! On va pas mourir de faim, avec celui-là ! ajoute Mme Tute-Grillon en désignant le fond du potager.

« Celui-là », c'est Atable. Il regarde tout le monde avec son grand sourire de chien et la queue qui fait l'hélicoptère. Il est assis à côté d'un gros tas de 54 patates qu'il a déterrées tout seul en grattant avec ses papattes. Qu'il est malin, celui-là !

Les paniers pleins de pommes de terre (merci Atable) sont déposés à la cuisine puis on installe les Quinzebille dans leur dortoir. Avant de s'en aller, Mme Tute-Grillon leur demande de redescendre à 18 heures.

– Dis donc, on dîne à 18 heures, ici ? C'est drôlement tôt ! chuchote Mireille, et pour rester discrets les Quinzebille font tous oui de la tête.

Sauf Saintoufle.

– Kapouti ! Merchiode track track ! dit Saintoufle.

Flantine traduit à voix basse pour les autres :

– C'est drôlement tôt !

Tout le monde fait encore oui de la tête.

Mouchelle et Trentedaze, eux, se fichent de l'heure du dîner : ils se sont trouvé un chouette endroit bien tranquille au-dessus de la grosse armoire du dortoir. C'est un parfait endroit super bien protégé pour surveiller, et dormir en paix, au chaud.

CHAPITRE 4

Quand vient l'heure du dîner, les Quinzebille s'installent autour de la table et attendent poliment que les Tute-Grillon apportent le repas.

À 18 h 03, M. Tute-Grillon arrive dans la salle à manger.

– Ah bah, ça ! Voilà des Bisbille qui ont faim, ma parole ! Mais l'omelette va pas se faire toute seule, et qui est-ce qui va la faire si c'est pas vous ?

Il est immédiatement suivi par Mme Tute-Grillon.

– Venez donc nous aider à éplucher les pommes de terre que votre chien a ramassées ! ajoute cette dernière.

Les Quinzebille repassent donc tous à la cuisine pour éplucher les pommes de terre qui ne vont pas s'éplucher toutes seules.

Pendant la grande éplucherie, les Tute-Grillon racontent des tas d'histoires marrantes sur la ferme. Comme le jour où le taureau du voisin a foncé dans le facteur et que le vélo du facteur est resté coincé pendant deux mois dans les cornes du taureau qu'on ne pouvait pas approcher. Le vétérinaire à dû l'endormir pour que le facteur récupère son vélo.

Ou la fois où des canards sauvages ont volé la mare du fond de la basse-cour. Ils s'étaient arrêtés dans la mare des Tute-Grillon pour la nuit. Il a fait tellement froid cette nuit-là que la mare a gelé. Le matin, quand les canards ont vu passer un taureau à fond les ballons avec un vélo coincé dans les cornes, ils ont eu la peur de leur vie et se sont envolés, mais, comme leurs pattes étaient prises dans la mare gelée, ils sont partis avec la mare ! Quelle marrade !

Enfin, lorsque le repas est prêt et la table mise, on mange tout simplement, de l'avis général, LA MEILLEURE OMELETTE DU MONDE, suivie d'un fromage fait maison avec le lait de la ferme. Puis M. Tute-Grillon apporte pour le dessert un gâteau un peu étrange parce qu'il est tout vert. Les Quinzebille ont tellement mangé d'omelette et de fromage qu'ils n'ont plus vraiment trop faim, mais ils sont polis, alors ils en prennent quand même une part.

Hum ! Comme l'omelette, le gâteau est délicieux, et ceux qui ne voulaient plus rien manger en redemandent.

Mireille s'interroge :

– Alors, monsieur Tute-Grillon, ce gâteau, c'est un gâteau local fait avec les herbes du jardin, c'est ça ?

– Ah, ça ! Pas du tout ! C'est un gâteau japonais. Une fois je l'ai raté, et ça a fait exploser notre four ! rigole M. Tute-Grillon.

Arthur est carrément jaloux, parce que ce gâteau, il le connaît, il a déjà essayé de le faire et lui aussi il a fait exploser le four de la cuisine. Mais lui, il n'a pas eu le droit d'essayer à nouveau.

Quand arrive l'heure de faire la vaisselle, les paupières sont lourdes, les Quinzebille rêvent d'un lit, d'un oreiller et d'une bonne couette.

Ah, mais tiens, qui voilà ? C'est Atable qui vient d'ouvrir la porte en sautant sur la poi-

gnée. Il est trempé, il sent extrêmement fort la vase, il emboucane le pourri, il schlingue le purin, mais il est trop content de montrer à tout le monde qu'il a pris un bain dans la mare.

Tiens ! Mais il n'est pas tout seul ! Tous les canards de la mare le suivent amoureusement en file indienne et en caquetant à tue-tête.

– Ah bah, ça ! Votre cabot, on dirait bien qu'il vient de se faire des copains, là ! s'exclame M. Tute-Grillon.

– Ça me rappelle la fois où notre cheval a eu peur d'un orage et est venu dormir sur le tapis, dans notre chambre, enchaîne Mme Tute-Grillon. On s'en était aperçus le matin au réveil ! Mais le cheval, il sentait pas comme votre chien, là : c'est bien simple, votre chien, sur son passage, les mouches tombent raides mortes.

– C'est vrai, ça ! Retournez donc vous baigner, les jeunes ! On n'a pas l'odorat fragile mais quand même… conclut M. Tute-Grillon.

Une fois le chien et les canards dehors, Arthur prend la parole :

– Chers Tute-Grillon, nous, on va en profiter pour aller se coucher, parce qu'on est entièrement, complètement, extrêmement, carrément, tout à fait vraiment épuisés. À quelle heure se lève-t-on demain matin ? À 10 heures, à 11 heures ?

M. Tute-Grillon penche un peu la tête sur le côté, commence un petit sourire et répond :

– Vous faites pas de bile, dormez, on vous réveillera à temps pour le petit déjeuner. Mais si vous voulez du lait pour votre petit déj, il va d'abord falloir aller en chercher.

– Parfait ! Demain matin on ira à l'épicerie à vélo avec les enfants ! Vous avez des vélos à nous prêter ? demande Mireille.

– Oh oui, les Bisbille, on a des vélos, mais pour le lait on a surtout des vaches. Et nos vaches, on les trait le soir. Alors, hop ! enfilez vos bottes, on va aller traire un peu les vaches, parce qu'aux dernières nouvelles, elles ne se traient pas encore toutes seules.

Et les Quinzebille, au lieu d'aller dormir, se retrouvent en bottes dans l'étable et s'apprêtent à TRAIRE DES VACHES.

CHAPITRE 5

Tous les Quinzebille sont très attentifs pendant que Mme Tute-Grillon explique, en deux petites minutes, comment on trait une vache.

Chacun reçoit un seau et un tabouret, puis Mme Tute-Grillon claque la porte de l'étable en disant qu'elle va s'occuper des chèvres avec son mari et qu'elle revient dans une demi-heure quand toutes les vaches seront traites. Heureusement, précise-t-elle, il n'y a que dix vaches.

Tout à coup, c'est la panique : personne n'a vraiment compris les conseils de Mme Tute-Grillon. Chacun, à moitié endormi, comptait sur les autres. Tous se retrouvent autour de Mireille et de sa vache.

– Vas-y, ma tendre prune de forêt, l'encourage Arthur, montre-nous !

– Pince-le-haut-du-pis-mais-pas-trop-fort-et-écrase-le-bas-du-pis-mais-pas-trop-fort ! récite Manille, qui, elle, se souvient tout de même un tout petit peu de ce que Mme Tute-Grillon vient d'expliquer.

– Mais j'y arrive pas ! Y a rien qui soooooort ! se lamente Mireille sur son tabouret.

Effectivement ça ne marche pas fort.

Comme il faut vraiment du lait, tout le monde se choisit une vache et essaie de la traire.

Myosine est calme et attentive, mais sa vache se tortille dans tous les sens. Il y a trois petites gouttes de lait qui s'écrasent au fond de son seau.

– Plonk plonk boutava bultok mich !

– Saintoufle dit que tu chatouilles ta vache et qu'elle est morte de rire, Myosine ! traduit Flantine.

Saintoufle peut bien se moquer des autres, il n'y arrive pas non plus. Sa vache s'est carrément endormie.

Arthur et Mireille sont super concentrés, mais pas de lait, rien. Ah si ! Mireille a fait sortir une petite goutte qui s'écrase au fond de son seau !

Au bout de vingt minutes, les Quinzebille, découragés, font le point.

J'ai 10 gouttes !
Moi, 12, je crois
Moi, 10.

Cru-crü pontif mélanco !
Il dit qu'il en a 7, mais qu'il y en a 6 qui sont tombées à côté du seau parce qu'il est trop petit.

– Moi j'en ai un ! lance Manille de derrière sa vache.

– Un quoi ? Un goutte ? demande Myosine.

– Non, pas un goutte ! Un seau !

Tout le monde abandonne sa vache et s'approche de Manille.

Merveille des merveilles ! Son seau déborde presque de bon lait chaud et crémeux.

C'est à ce moment-là qu'un vacarme assourdissant se fait entendre. La porte de l'étable s'ouvre dans un fracas épouvantable. Atable entre comme un déglingo en aboyant comme un fou, avec une grosse cloche autour de la queue. Il est poursuivi par un bouc.

Atable et le bouc passent en trombe devant tout le monde, exécutent un demi-tour en dérapage contrôlé au fond de l'étable, et les revoilà qui repassent dans l'autre sens.

Pour échapper au bouc qui se rapproche, Atable décide de sauter par-dessus le seau de

Manille. Une super bonne idée, mais complètement ratée parce qu'avec sa cloche, il est moins adroit qu'il ne pensait. Il se prend les pattes dans le seau et l'envoie valser, puis il se remet illico à courir et passe la porte comme un dératé.

Malin, Saintoufle réussit à fermer d'un coup de pied la porte de l'étable, juste entre Atable et le bouc. Résultat : le bouc et la porte se rencontrent, et le bouc tombe raide assommé.

M. Tute-Grillon entre pile à ce moment-là.

– Hé, les Bisbille ! Vous n'auriez pas vu mon bouc ? Il vient de s'échapper de son enclos. Je crois que votre chien lui a piqué sa cloche.

En disant ces mots, il découvre son bouc par terre.

– Ah, mais le voilà, celui-là ! Il dort ici avec vous ! Mais quelle feignasse ! Allez, réveille-toi, vieille bourrique !

Le bouc, secoué par M. Tute-Grillon, se réveille mal en point et, en zigzag, rejoint son enclos. M. Tute-Grillon ajoute :

– Passez-moi vos seaux de lait qu'on les mette au frigo pour demain !

Mais le bilan des Quinzebille n'est pas fameux : Arthur et Myosine, 10 gouttes de lait chacun ; Mireille, 12 gouttes ; Saintoufle, 1 goutte, mais bien grosse ; Flantine, 3 gouttes et demie ; Manille, un seau renversé, donc rien, même pas une goutte.

M. Tute-Grillon est mort de rire. Il appelle Mme Tute-Grillon, et à eux deux ils remplissent en quinze minutes neuf grands seaux qu'ils rangent dans le frigo à lait de l'étable, pour le petit déjeuner.

Cette fois-ci, c'est la bonne : les Quinzebille sont autorisés à aller se coucher. On se brosse les dents, on se fait des bises et on s'écroule dans les lits pour enfin pouvoir dorRZZZzzzz…

CHAPITRE 6

Tout le monde dort paisiblement (et en respirant un air pur parce qu'Atable est resté dehors avec ses nouveaux copains) quand M. Tute-Grillon débarque dans le dortoir des Quinzebille :

– **DEBOUT LÀ-DEDANS ! IL EST QUATRE HEURES !**

– Mico totote francfouille lesbonseux vitos lacto pressé !

– Saintoufle dit qu'il est SUPER TÔT mais qu'il a super faim et qu'il faut se dépêcher de descendre au petit déj, traduit Flantine en bâillant et en se frottant les yeux.

Arthur enfouit sa tête sous son oreiller en déclarant que celui qui le fera sortir de son lit aujourd'hui n'est pas encore né, et qu'il est en week-end, et que le week-end c'est fait pour SE REPOSER, et qu'il ne se lèvera même pas pour faire pipi, et que, s'il a envie de faire pipi, il fera pipi dans la bouteille qui est sur sa table de nuit. Et qu'il se réveillera entre 12 heures et 16 heures QUAND IL LE DÉCIDERA !

Mireille, elle, ne dit rien. Elle dort toujours à poings fermés.

Mais Myosine, Manille, Flantine et Saintoufle descendent dans la salle à manger.

– Qui veut une bonne omelette pour bien commencer la journée ? propose M. Tute-Grillon.

– Moi, moi, moi, moi ! répondent en chœur les enfants.

Dix secondes plus tard, on entend du haut des escaliers un énorme :

– NOUS AUSSI !

Mireille et Arthur arrivent en hurlant, moitié en train de descendre les escaliers, moitié en train de s'habiller. Ce qui fait qu'ils descendent mal les escaliers et qu'ils s'habillent mal.

– On vous a entendu proposer une omelette, et vos omelettes, ELLES SONT TROP BONNES, explique Mireille en atterrissant sur le canapé, après avoir raté les six dernières marches à cause de son pantalon qui tire-bouchonne.

– OUAIS, JAMAIS on ne raterait ça, insiste Arthur.

– Bon. O.K., les Bisbille, mais pour l'omelette on a besoin d'œufs, et si vous allez pas en chercher, ils vont pas venir tout seuls ! explique Mme Tute-grillon. Tenez, le poulailler est à gauche en sortant.

En disant ça, Mme Tute-Grillon donne un gros panier à Saintoufle qui a enfilé ses bottes le premier et qui se dirige vers la porte.

– Et laissez pas échapper les poules, hein ! Sinon il faut une heure pour les remettre toutes dedans, après.

Dans le poulailler c'est très impressionnant. Il y a là une poule qui dort, et 44 autres poules qui observent les Quinzebille d'un œil mauvais. Mireille s'approche de l'une d'elles, la pousse un peu, avec un bâton et… PAF ! se prend un coup de bec sur la main !

– **AÏE !** hurle Mireille en retirant sa main.

– Laisse, maman, regarde, je te montre.

Myosine s'approche à quatre pattes, pousse une poule, et PAF ! se prend un coup de bec sur le front.

– **AÏE !** hurle Myosine en retirant son front.

– Bon, laissez-moi faire : une poule, c'est une poule quand même, râle Flantine.

Elle plonge énergiquement sa main sous une poule, et PAF ! se prend un bon coup de bec sur le bras.

– **AÏE !** hurle Flantine en retirant son bras.

Puis Manille se fait piquer le coude et Arthur le nez. Saintoufle, lui, ne se fait rien piquer, parce qu'il est trop mort de rire pour essayer de prendre un œuf.

Arthur rassemble les troupes et décide que chacun va attaquer de son côté en poussant des cris pour se faire respecter et que ça devrait mettre les poules en déroute et que c'est pas des poupoules de 300 grammes qui vont leur faire peur. Il ajoute qu'il ne faut pas qu'un jour on dise que des Quinzebille ont reculé devant de simples poules et qu'il y va de la réputation de la famille pour vingt générations.

Comme tout le monde a super faim, tout le monde est super d'accord.

Aussitôt, on lance l'offensive :

– GERONIMOOOOOOO ! hurle Saintoufle.

Mais les poules des Tute-Grillon sont des poules de combat et elles font plutôt 4 kilos que 300 grammes. Les coups de bec, les coups de pattes griffues, les coups d'ailes pleuvent sur les Quinzebille qui ne peuvent rien faire d'autre que de se replier sous l'assaut des 44 poules déchaînées.

En entendant ses maîtres se faire massacrer par les poules, Atable devient fou. Il débarque dans le poulailler, et en 13 secondes toutes les poules sont dehors dans un nuage de poussière, de paille et de plumes. Les Quinzebille sont sauvés mais tous les œufs sont cassés.

Ah non ! il en reste un, sous la poule 45 qui continue de dormir.

Atable s'approche de la poule, lui donne un petit coup de langue et, avec son museau, récupère trèèès délicatement l'œuf avec sa gueule et le pose trèèès délicatement dans le panier bien vide de Saintoufle.

Les Quinzebille, pas trop fiers, retournent à la cuisine.

– **ON NE SAVAIT PAS QU'IL FALLAIT DEMANDER GENTIMENT !** hurle Mireille en tendant le panier, parce qu'elle a super peur de se faire gronder.

– Oui, bah, on a compris, hein ! quand on a vu passer toutes les poules devant la fenêtre. Bon, ben pendant qu'on vous prépare des tartines et une *énorme* omelette avec un seul œuf, vous allez me rentrer toutes les poules dans le poulailler, dit M. Tute-Grillon en rigolant.

Mais quand les Quinzebille s'approchent du poulailler, Atable est déjà dedans en train de ranger les poules les unes après les autres gentiment, tranquillement, et par ordre de couleur et de taille. À chaque poule qu'il raccompagne dans le poulailler, Atable regarde les Quinzebille l'air de dire : « Vous n'êtes pas doués, quand même… »

En tout cas record battu. 44 poules rentrées en 15 minutes. Voilà de quoi faire la fierté de vingt générations de Quinzebille.

CHAPITRE 7

Le petit déjeuner est assez copieux avec plein de bonnes grosses tartines bien épaisses et une omelette microscopique.

Tiens mais qui voilà ? Atable déboule dans la cuisine en sautant sur la poignée de la porte comme il sait maintenant le faire. Il est suivi d'un jeune et beau dindon de 20 kilos qui a l'air parfaitement idiot. On dirait qu'Atable est venu présenter son nouveau copain à la famille. Mais non ! Ils passent devant tout le monde sans dire bonjour et prennent l'escalier, direction le dortoir des Quinzebille. Carrément pas gênés, ces deux-là.

Dix secondes plus tard, le dindon et le chien redescendent les escaliers accompagnés de Fichtelle et Trodaze. Ils sont venus chercher les chats pour une petite visite de la propriété.

– Siti ouaoua benvengute Maic, en tonton ! annonce Saintoufle en voyant passer la petite compagnie.

– Il dit que ce serait bien que le nouveau copain d'Atable s'appelle Mecton.

La proposition de Saintoufle est validée par un vote de tous les humains. Même les Tute-Grillon votent pour.

L'instant d'après, on entend une sorte d'explosion, puis un vacarme de tous les diables dans la cour, et soudain les deux chats repassent en trombe en poussant d'horribles cris de chat. Ils courent presque au plafond tellement ils sont paniqués. Ils sont poursuivis par trois grosses oies blanches, rouges de colère.

Saintoufle, qui ferait tout pour ses chats, saute sur les oies comme on lui apprend quand il va à son club de rugby. Dix secondes plus tard, Saintoufle est assis sur les oies qui ne disent plus rien.

On félicite Saintoufle, on fait sortir les oies, on calme les chats et on préfère ne pas savoir ce qui s'est passé entre les chats et les oies. Atable et Mecton essaient bien d'expliquer, mais personne ne parle le chien ni le dindon, même pas Flantine.

Et puis, les Tute-Grillon annoncent qu'ils partent au marché de Sainte-Batifouze-la-Sauvage.

– Ouais ! On va acheter des trucs ! J'adore ! dit Myosine en se frottant les mains.

– Ouais ! On va acheter des pommes pour faire du jus de fruits ! J'adore ! dit Manille en se frottant les mains.

– Ouais ! Et des framboises et des fraises pour faire des confitures ! J'adore ! dit Flantine en se frottant les mains.

– Ouais ! Et on va acheter des pots et des bocaux pour les mettre ! J'adore ! dit Arthur en se frottant les mains.

– Milachon, pourpètepète vidange abloc et viouuu !

Flantine explique que Saintoufle, lui, adore les manèges avec des avions, et qu'il espère simplement qu'il y en aura un.

– Si vous voulez des pommes, servez-vous, il y en a des tonnes dans le garde-manger. Pour les framboises et les fraises, servez-vous, il y en a des tonnes dans le jardin derrière la ferme. À la cave, il y a des pots de confiture vides, et on va faire des confitures, c'est prévu au programme ! explique M. Tute-Grillon.

OUAIS ! Tout le monde est très enthousiaste, vive les confitures !

– Mais qu'est-ce qu'on va acheter au marché, alors ? demande Mireille.

– Mais nom de nom ! explique Mme Tute-Grillon. Nous, on va au marché pour VENDRE nos légumes bio, on ne va rien acheter du tout ! Bon, allez, il est déjà 5 h 30, c'est vraiment l'heure de partir. Qui veut venir avec nous ? On a une place sur le tracteur à l'avant.

Six mains se lèvent, six mains qui veulent aller au marché.

O.K., finalement on va faire de la place dans la remorque…

C'est que, chez les Quinzebille, on fait les trucs à six ou on les fait pas, voilà. Et encore, normalement, on prend les chats et le chien, et on pourrait même y aller avec Mecton s'il le fallait.

Mais là, impossible de savoir où les deux loustics ont disparu, et les chats ont eu leur dose de frayeur : ils dorment sous un lit bien au chaud.

Au marché, tout est sorti de la remorque et présenté sur les tables. En une demi-heure tout est prêt. Et puis on attend bien sagement que les clients arrivent.

Ils ne se pressent pas, les clients.

Il faut dire qu'il est encore très tôt. Il y a bien quelques habitués qui s'arrêtent parce que les bons légumes bio des Tute-Grillon sont très réputés. Mais les Quinzebille s'ennuient un peu.

M. Tute-Grillon fait passer un thermos de café et des tartines pour tout le monde.

C'est bien : ça réchauffe et ça occupe. Mais les Quinzebille s'ennuient encore.

Heureusement, ils ont emporté un livre de recettes pour préparer des bocaux pour l'hiver. Mireille lit les recettes à voix haute pendant que Manille et Myosine notent ce qu'il faut acheter.

Donc, on a besoin
de 5 kilos d'oignons,
deux grandes tresses d'ail,
20 kilos d'aubergines,
12 kilos de poivrons verts,
15 kilos de poivrons rouges,
5 kilos de cornichons frais,
2 kilos d'oignons clochettes,
20 kilos de tomates,
5 kilos de haricots verts,
6 kilos de carottes...

En entendant Manille, M. Tute-Grillon râle un peu :

– Dites donc, les Bisbille ! Vous croyez pas que vous exagérez un petit poil ? Votre liste, là, c'est presque exactement ce qu'on vient d'installer, je vous signale ! Si vous aviez dit ça plus tôt, on n'aurait pas eu besoin de venir au marché et vous auriez tous pu dormir jusqu'à midi !

Tiens, oui, c'est vrai. C'est malin. Non, en fait, c'est pas malin.

Pour faire bonne figure, Mireille va chercher des croissants pour les Tute-Grillon et, pendant que ces derniers se reprennent un petit déjeuner, les Quinzebille rangent tout dans la remorque et mettent les sous qu'ils doivent dans la caisse.

Puis tout le monde repart dans l'autre sens.

CHAPITRE 8

En rentrant du marché, le tracteur des Tute-Grillon passe devant le verger avec des tas d'arbres couverts de beaux fruits.

– **STOP !** crie Arthur. Des prunes, des pêches, des abricots, des figues ! Je voudrais en ramasser ! On va se faire des confitures terribles ! Venez, on en ramasse ! Madame Tute-Grillon, arrêtez-vous ! On peut en ramasser ?

– Ah, mais oui ! dit Mme Tute-Grillon. On devait ramasser les fruits cet après-midi, mais, si vous êtes partants, on peut le faire maintenant.

Elle arrête le tracteur au milieu du chemin et M. Tute-Grillon distribue des paniers à chacun.

Dans le verger, ça chante, ça discute, ça cueille, en écoutant de nouvelles histoires racontées par les Tute-Grillon.

Saintoufle, qui mange un fruit qu'il cueille sur deux, s'amuse à cracher les noyaux sur les autres. Au début il se fait gronder parce qu'il va avoir mal au ventre et puis parce qu'il y en a marre de recevoir ces noyaux collants partout. Mais le meilleur moyen de calmer Saintoufle, c'est de lui cracher des noyaux dessus aussi. Arthur rate Saintoufle et colle un noyau dans les cheveux de Mireille. Mireille, en

essayant de lui en renvoyer un, touche Manille en pleine poire. Manille se venge en visant Flantine, parce qu'elle est plus près. Et puis, comme les noyaux c'est pas facile de les cracher loin, Flantine commence à balancer sur les autres les fruits pourris tombés au pied de son arbre. Effectivement ça va plus loin et là, pour le coup, ça fait pas mal de dégâts quand une vieille pêche molle s'écrase sur Myosine. C'est bientôt une bataille générale.

En une heure, les Quinzebille ont chacun rempli leur panier à ras bord de fruits délicieux. Mais, à cause de la bataille, ils sont aussi couverts de compote de fruits pourris. De la tête aux pieds, ça dégouline, ça colle, c'est pas beau à voir. Les Tute-Grillon, comme les deux chevaux du voisin, ça les fait bien marrer.

– Bon, vous déposez vos paniers devant la porte de la cuisine et vous vous mettez devant le mur, là. J'arrive, explique M. Tute-Grillon. **ET VOUS NE RENTREZ PAS DANS LA MAISON COMME ÇA, HEIN !** ajoute-t-il.

Il revient très vite avec un gros tuyau d'arrosage et nettoie toute la famille à grands coups de jet. Les Quinzebille sont propres mais trempés.

Mme Tute-Grillon leur accorde cinq minutes pour aller se changer, mais pas plus, parce qu'elle a mis les bassines à chauffer et que la confiture ne va pas se faire toute seule.

– Pas la peine de se changer, dit Myosine. Avec cette chaleur on va sécher en cinq minutes.

Les autres sont d'accord avec elle et foncent dans la cuisine en prenant leur panier au passage.

Tous sauf Arthur, qui ne trouve plus le sien.

– Mais je… je… l'ai laissé là, ici, PAF ! avec les autres, et voilà qu'il a disparu !

Bon, comme un panier avec des jambes, on n'a jamais vu ça, il ne doit pas être loin, quand même ! Les Tute-Grillon, les Quinzebille, tout le monde cherche partout le panier d'Arthur.

– Par ici ! finit par crier Flantine au bout de dix minutes. Je viens de retrouver le panier perdu de prunes de papa ! MAIS IL Y A UN PROBLÈME ! Venez voir !

Derrière la grange il y a Atable et Mecton. Ils sont sur le dos, les yeux à moitié fermés, et semblent avoir mal au ventre. Le panier d'Arthur est vide et les ventres ont l'air, eux, d'être pleins à craquer. On dirait bien qu'ils ont piqué le panier d'Arthur et sont venus le vider tranquillement derrière la grange.

– Oh non ! J'ai ramassé toutes ces prunes pour des prunes ! lâche Arthur en découvrant le massacre.

Tout le monde rigole.

– Bon, ce soir, ces deux-là n'auront rien à manger. J'espère qu'ils n'ont pas avalé trop de noyaux sinon, ça va pétarder du noyau dans tous les coins, ajoute M. Tute-Grillon.

Tout le monde rigole.

On fait donc les confitures avec les paniers pleins qui restent. Arthur ne rapportera pas de confiture de prunes, tant pis.

CHAPITRE 9

Le soir, après un agréable dîner dans la cour de la ferme, M. Tute-Grillon demande :

– Dites, les Bisbille, vous ne sauriez pas par hasard où votre chien a amené notre dindon ? Ils ne sont pas au lac, ni chez les voisins, ni à l'épicerie, ni dans la mare, ni avec les poules, ni avec les cochons, ni dans le potager, ni à la poste, ni à la mairie, ni dans aucun autre endroit où on les a déjà trouvés, j'ai téléphoné partout. Pourtant, faut qu'on les retrouve, parce que demain on emmène le dindon au marché.

– Ah mais oui, bien sûr ! Mecton a des courses à faire, alors vous l'emmenez au marché… répond Mireille en faisant un gros clin d'œil.

Tout le monde trouve la blague de Mireille super drôle et tout le monde se marre. HAHAHA ! Un dindon qui va faire ses courses au marché ! HAHAHA !

– Non. Personne ne va rien acheter au marché, on va vendre le dindon au marché. C'est l'heure d'aller à la casserole.

GLUPS !

Tout à coup, tout le monde s'arrête de rire.

Myosine, comme les autres, n'est pas sûre d'avoir bien compris :

– Quand vous dites « l'heure d'aller à la casserole », chère madame Tute, vous voulez dire quoi exactement par là ? demande-t-elle soudain un peu tendue.

– Je veux dire par là que c'est l'heure de la casserole pour le dindon.

– L’heure de lui acheter une casserole ? demande Arthur un peu tendu aussi mais qui essaie de faire des blagues comme Mireille.

Mais, là, personne ne rigole.

– Ah, mais NON à la fin ! s’énerve M. Tute-Grillon. Vous ne voyez pas qu’il est gros comme tout, le dindon ? C’est le moment de le transformer en pâtés, en rillettes, en terrines, le dindon.

Alors Saintoufle fond en larmes, comme Flantine, comme Manille, comme Myosine, comme Arthur, comme Mireille.

M. Tute-Grillon est ému par l’émotion des Quinzebille :

– Ah, mais c’est que ça représente des sous pour nous, un dindon, vous savez, on l’élève pas pour faire joli, hein ! Ça va faire six mois qu’on s’occupe de lui, nous !

Les Quinzebille sont anéantis, abattus, assommés, catastrophés, atterrés et effondrés, en même temps.

– Lou pico Keve gali gali mulo preslito ! pleure Saintoufle.

Flantine réussit à traduire :

– Il faut aller prévenir Atable…

Justement, les deux copains viennent d'apparaître à l'autre bout de la cour : Mecton est en train d'apprendre à Atable comment on picore de délicieuses petites mouches dans les bouses de vache. Mecton à un bec tout fin, ça marche bien ; Atable une grosse gueule, ça marche moins bien, mais ils ont l'air de bien s'amuser.

Mireille se lève, tire Arthur par la manche et tous les deux vont discuter dans la grange derrière le poulailler, en déclenchant un vrai barouf au passage. C'est bizarre, chaque fois qu'un Quinzebille s'approche du poulailler, il y a un incroyable remue-ménage à l'intérieur.

Dix minutes plus tard, Mireille et Arthur repassent devant le poulailler (nouveau remue-ménage) et reviennent à table.

– Monsieur Tute, on a une proposition à vous faire. Voilà : dites-nous combien coûte Mecton, et on vous l'achète !

Les enfants Quinzebille s'arrêtent de pleurer et affichent tous UN ÉNORME SOURIRE. Si on met tous leurs sourires bout à bout, ça doit faire dans les dix kilomètres.

LA SUPER-IDÉE des parents !

– Bah, mais vous savez un dindon comme celui-là, bah, ça coûte des sous parce que c'est du super-dindon, du dindon de compétition, du dindon de première qualité, entièrement bio, en plus. Et nous, on a besoin de ces sous-là pour manger, vous savez !

Arthur insiste :

– Après toutes les bêtises qu'il a faites avec Atable, il ne doit plus être vraiment très bio, le coco. Mais votre prix sera le nôtre, monsieur Tute. Pas question de zigouiller Mecton. Nous allons le ramener chez nous. Il est devenu le meilleur ami de notre chien, c'est donc maintenant un membre de notre famille. Et sachez, monsieur Tute, que les Quinzebille ne laissent personne manger un membre de leur famille. Si vous pouviez aussi nous vendre votre remorque à transporter les animaux, parce que là, dans la voiture, le dindon, il ne va pas tenir. On roulera la fenêtre ouverte pour qu'Atable et Mecton puissent entendre l'autoradio, voilà, c'est pas compliqué.

Mireille, Arthur et les Tute-Grillon discutent tard dans la nuit, mais l'affaire est finalement réglée.

Et une semaine plus tard,
chez les Quinzebille…

Et qu'on ne vous y reprenne pas à essayer de piquer le pain, hein !
FIN

1, rond-point du Général-Eisenhower
31101 Toulouse Cedex 9, France
editionsmilan.com

Loi 49-956 du 16 juillet 1949 sur les publications
destinées à la jeunesse.

Dépôt légal : mai 2021 • ISBN : 978-2-4080-1404-9
Achevé d'imprimer au 2e trimestre 2021 en Espagne par Egedsa
Ce livre a été imprimé sur du papier issu de forêts gérées durablement.
Plus d'informations sur la fabrication de nos livres :
editionsmilan.com/comment-fabriquons-nous-nos-livres

Tu vides tes étagères et connais déjà ce livre par cœur ? Donne-le !

Certifié PEFC
Ce produit est issu de forêts gérées durablement et de sources contrôlées
PEFC
PEFC/14-38-00200
www.pefc-france.org

Präambel

Diese Pocket-Leitlinie ist eine von der Deutschen Gesellschaft für Kardiologie – Herz- und Kreislaufforschung e.V. (DGK) übernommene Stellungnahme der European Society of Cardiology (ESC), die den gegenwärtigen Erkenntnisstand wiedergibt und Ärzten* die Entscheidungsfindung zum Wohle ihrer Patienten erleichtern soll. Die Leitlinie ersetzt nicht die ärztliche Evaluation des individuellen Patienten und die Anpassung der Diagnostik und Therapie an dessen spezifische Situation. Die Pocket-Leitlinie enthält gekennzeichnete Kommentare der Autoren der Pocket-Leitlinie, die deren Einschätzung darstellen und von der Deutschen Gesellschaft für Kardiologie getragen werden.

Die Erstellung dieser Leitlinie ist durch eine systematische Aufarbeitung und Zusammenstellung der besten verfügbaren wissenschaftlichen Evidenz gekennzeichnet. Das vorgeschlagene Vorgehen ergibt sich aus der wissenschaftlichen Evidenz, wobei randomisierte, kontrollierte Studien bevorzugt werden. Der Zusammenhang zwischen der jeweiligen Empfehlungsklasse und dem zugehörigen Evidenzgrad ist gekennzeichnet.

Tabelle 1: Empfehlungsklassen

	Definition	Empfohlene Formulierung
Klasse I	Evidenz und/oder allgemeine Übereinkunft, dass eine Therapieform oder eine diagnostische Maßnahme effektiv, nützlich oder heilsam ist	wird empfohlen/ ist indiziert
Klasse II	Widersprüchliche Evidenz und/oder unterschiedliche Meinungen über den Nutzen/die Effektivität einer Therapieform oder einer diagnostischen Maßnahme	
Klasse IIa	Evidenz/Meinungen favorisieren den Nutzen bzw. die Effektivität einer Maßnahme	sollte erwogen werden
Klasse IIb	Nutzen/Effektivität einer Maßnahme ist weniger gut durch Evidenz/Meinungen belegt	kann erwogen werden
Klasse III	Evidenz und/oder allgemeine Übereinkunft, dass eine Therapieform oder eine diagnostische Maßnahme nicht effektiv, nicht nützlich oder nicht heilsam ist und im Einzelfall schädlich sein kann	wird nicht empfohlen

Tabelle 2: Evidenzgrade

A	Daten aus mehreren, randomisierten klinischen Studien oder Meta-Analysen
B	Daten aus einer randomisierten klinischen Studie oder mehreren großen nicht randomisierten Studien
C	Konsensusmeinung von Experten und/oder kleinen Studien, retrospektiven Studien oder Registern

* Aus Gründen der Lesbarkeit wird darauf verzichtet, geschlechterspezifische Formulierungen zu verwenden. Personenbezogene Bezeichnungen beziehen sich auf alle Geschlechter.

2023 ESC Guidelines for the management of cardiomyopathies

Developed by the task force on the management of cardiomyopathies of the European Society of Cardiology (ESC)

Chairpersons

Elena Arbelo
Arrhythmia Section, Cardiology Department, Hospital Clínic, Universitat de Barcelona, Barcelona, IDIBAPS, Institut d'Investigació August Pi i Sunyer (IDIBAPS), Barcelona, Centro de Investigación Biomédica en Red de Enfermedades Cardiovasculares (CIBERCV), Madrid, European Reference Network for rare, low prevalence and complex diseases of the heart – ERN-GUARD HEART, Barcelona, Spain

Juan Pablo Kaski
Centre for Paediatric Inherited and Rare Cardiovascular Disease, University College London, Institute of Cardiovascular Science, & Centre for Inherited Cardiovascular Diseases, Great Ormond Street Hospital, London United Kingdom

Task Force Members:

Alexandros Protonotarios (Task Force Coordinator) (United Kingdom), Juan R. Gimeno (Task Force Coordinator) (Spain), Eloisa Arbustini (Italy), Roberto Barriales-Villa (Spain), Cristina Basso (Italy), Connie R. Bezzina (Netherlands), Elena Biagini (Italy), Nico A. Blom[1] (Netherlands), Rudolf A. de Boer (Netherlands), Tim De Winter (Belgium), Perry M. Elliott (United Kingdom), Marcus Flather (United Kingdom), Pablo Garcia-Pavia (Spain), Kristina H. Haugaa (Sweden), Jodie Ingles (Australia), Ruxandra Oana Jurcut (Romania), Sabine Klaassen (Germany), Giuseppe Limongelli (Italy), Bart Loeys[2] (Belgium), Jens Mogensen (Denmark), Iacopo Olivotto (Italy), Antonis Pantazis (United Kingdom), Sanjay Sharma (United Kingdom), J. Peter Van Tintelen (Netherlands), James S. Ware (United Kingdom).

[1] *Representing the Association for European Paediatric and Congenital Cardiology (AEPC).*
[2] *Representing the European Society of Human Genetics (ESHG).*

ESC subspecialty communities having participated in the development of this document:

Associations: *Association of Cardiovascular Nursing & Allied Professions (ACNAP), European Association of Cardiovascular Imaging (EACVI), European Association of Preventive Cardiology (EAPC), European Heart Rhythm Association (EHRA), Heart Failure Association (HFA).*
Councils: *Council on Cardiovascular Genomics.*
Working Groups: *Development Anatomy and Pathology, Myocardial and Pericardial Diseases.*
Patient forum

Wir bedanken uns bei Hilke Könemann und Franziska Koppe-Schmeißer (Sektion Young DGK) für das Lektorat.

Bearbeitet von:

Benjamin Meder (Heidelberg), Lars Eckardt (Münster)#, Volkmar Falk (Berlin), Sabine Klaassen (Berlin), Thomas Klingenheben (Bonn), Fabian Knebel (Berlin), Eric Schulze-Bahr (Münster), Jeanette Schulz-Menger (Berlin)

#Für die Kommission für Klinische Kardiovaskuläre Medizin der DGK

*Adapted from the 2023 ESC Guidelines for the management of cardiomyopathies (European Heart Journal; 2023 – doi:10.1093/eurheartj/ehad194) based on uncorrected proofs/revised on 12/07/2023.